정의웅 제6시집

아름다운 추억

이 도서의 국립중앙도서관 출판예정도서목록(CIP)은 서지정보유통지원시스템 홈페이지(http://seoji.nl.go.kr)와 국가자료종합목록시스템(http://www.nl.go.kr/kolisnet)에서 이용하실 수 있습니다.
(CIP제어번호 : CIP2019012200)

아름다운 추억

A Beautiful Memory

정의웅 제6시집

시인의 마음

한낮의 따사로움도 서서히 사라져가고
서산에 노을이 지고 아무도 찾지 않는
고요한 이 밤 별이 반짝이는 어둠 속에서도
밝아오는 앞날에 빛의 흐름으로 깨어나고
형이하학적(形而下學的)인 것보다는
형이상학적(形而上學的)으로 미숙하지만
독자들의 아름다운 마음에
한 편의 명시를 찾아 조용히 스며들어
영혼의 뜻과 마음을 그리려고 합니다.
처녀시집 《꿈으로 온 한 세상》
제2시집 《사랑의 계절》
제3시집 《모닥불》
제4시집 《물망초》
제5시집 《시인의 꿈》을 뒤로하고 잊을 수 없는

지나가는 기억들은 미흡하지만
제6시집 《아름다운 추억》에 담아
올려 드리게 되었습니다.
가이없는 인연들께
진심으로 감사드리고
사랑하는 나의 혈육과 전생의
멀고 먼 조상부모님의 영전에
이 시집을 올려드리게 되었음을
다시 한 번 깊이 감사드립니다.

2019년 3월

정의웅

Contents

제 1 부

제 2 부

Contents

제 3 부

제 4 부

Contents

제5부

제6부

Contents

제 7 부

눈물로 詩쓰는 詩人의 高品格 메터피직

— 정의웅 제6시집 《아름다운 추억》을 중심으로

홍윤기

일본 도쿄 센슈대학 대학원 국문학과 문학박사
국제뇌교육종합대학원대학교 국학과 석좌교수(현재)
한국문인협회 고문/국제PEN 한국본부 고문(현재)

눈물로 詩쓰는 詩人의 高品格 메터피직에서 '메터피직' 이라는 것은 학문연구의 원리 체계를 일컫는 학술용어이거니와 여기서 지적하는 정의웅 시세계의 '눈물' 이라는 것은 '詩의 진실' 그 자체를 말한다. 필자는 詩伯 鄭義雄의 詩를 대하면 그 詩 한 편 한 편이 참으로 진실의 눈물로써 번쩍이는 것을 血脈처럼 진하게 느낀다. 정의웅은 타고난 천품(天稟)의 詩人이요, 그 이상도 이하도 아니다. 나는 이번 제6시집 《아름다운 추억》을 대하면서 詩人의 '눈물의 진실' 을 다시금 드높게 평가하련다.

조용한 곳
어쩌다 날아온 가을 숲에
스며드는 바람소리와 들새들

차가운 바람이 스미는 계절에
기러기 멀리서 날아와
생존의 들녘에
바람소리를 벗삼아
속삭이는 갈대숲에
순간도 멀다 않고
바람에 흔들리는
생각하는 갈댓잎일 뿐이네

-〈생각하는 갈대〉 전문

프랑스의 철학자 블레즈 파스칼(Blaise Pascal, 1623~1662)이 주창한 '인간은 생각하는 갈대' 라는 철학적 이론을 詩伯 鄭義雄은 이번 시집 《아름다운 추억》에서 고품위의 시학론(詩學論)으로 승화시켜 전개함으로써 시적 가치를 입증하고 있다. "기러기 멀리서 날아와/ 생존의 들녘에/ 바람소리를 벗삼아/ 속삭이는 갈대숲에/ 순간도 멀다 않고/ 바람에 흔들리는/ 생각하는 갈댓잎일 뿐이네"가 바로 그 시학론의 전개이다. 그러기에 '생각하는 갈댓잎' 이야말로 블레즈 파스칼의 명작 《팡세, Pensaees》 이론을 현대시인이 처음으로 시작화(詩作化)하여 성공했다는 데 그 의의(意義)가 크다고 아니 할 수 없다. 여기서 우리는 아울러 詩伯 鄭義雄의 다음 제7시집을 벌써부터 기대하게 된다.

산 너머 산이 있고
강 건너 강이 있네

멀고 먼 곳이 있기에
아주 가까운 곳도
내가 있기에
타인이 있다네

하늘이 있기에
땅이 존재하듯
더 멀고 먼 곳이 있기에
가장 가까운
아주 가까운
내가 존재하고 있다네

-〈내가 존재하네〉 전문

파스칼의 《팡세》에 잇대어 詩伯 鄭義雄은 아인슈타인(Albert Einstein, 1879~1955)의 '상대성이론 원리' 를 작품화하는 의욕에 넘치고 있다. 그렇다. 詩人의 작품세계는 그처럼 사상적인 다변화 작업을 통해 새로운 시문학적 가치체계가 창출된다. 에즈라 파운드(Ezra Pound, 1885~1972)는 "위대한 문학이란 가능한 한 최대한의 의미로써 충실한 언어다"라고 주창했던 논리에 어쩌면 가장 잘 어울리는 것이 "산 너머 산이 있고/ 강 건너 강이 있네/ 멀고 먼 곳이 있기에/ 아주 가까운 곳도/ 내가 있기에/ 타인이 있다네"라는 정의웅의 작시관(作詩觀)이다. 에즈라 파운드는 젊은이들에게 《문학을 어떻게 읽을 것인가》라는 그 유명한 저서를 통해 '최대한의 의미로써 충실한 언어' 라는 탁월한 논리를 전개시켰던 것.

조용한 아침의 나라
그 누구도 즐거움과 기쁨을
지니는 그날까지
잊을 수 없는 마음을
우린 기억하리라
살아간다는 일은
해가 지고 별이 지고 달이 떠도
오늘 이 순간 잠시잠깐
한 그루의 사과나무를 심자
멀고 먼 날을
삶의 진정한 앞날을 위해
하나하나 더듬고만 있네

– 〈멀고 먼 날을 위해〉 전문

영국 시인 바이런(George Gordon Byron, 1788~1824)이 '시는 영원한 진실을 향한 노래' 라고 했거니와 "살아간다는 일은/ 해가 지고 별이 지고 달이 떠도/ 오늘 이 순간 잠시잠깐/ 한 그루의 사과나무를 심자/ 멀고 먼 날을/ 삶의 진정한 앞날을 위해/ 하나하나 더듬고만 있네" 라고 정의웅은 영원한 진실을 향한 시를 쓰자고 노래했다. 참다운 시는 누구에게나 큰 감동을 안겨준다. 감동을 주는 시 작업. 그것은 눈물 없이는 형성될 수 없다. 또한 詩人은 영원한 진실을 향한 노래를 무한을 향하여 꾸준하게 읊고 또 읊는다. 뒤이어 〈내 탓이네〉를 감상하여 보자.

조용한 울타리
하늘을 바라보고
어쩔 수 없는
서로의 마음을
다독거려
더 밝은 미래
더 아름다운 내일을
우린 서로
나누어 줄 수 있는
마음과 영혼을
베풀 수 있는
모든 건 스스로
느끼는 감성이
받는 이도 소중하지만
주는 이 탓으로
모든 건 내 탓이라
믿어만 주네

– 〈내 탓이네〉 전문

"잘한 것은 모두 네가 한 것이요, 잘못한 것은 전부 내가 한 일이다"라는 자숙 자성의 자세야말로 우리의 이웃, 우리의 마을, 나아가 우리 국가 사회를 순화시키고 정화하여 눈부시게 발전시키는 값진 삶의 작업임을 詩人은 〈내 탓이네〉로써 진솔하고 찬연하게 노래하고 있다. '내 탓' 에는 '메터피직' 이라는 감격적인 원리 체계가 성립되고 있다는 것을 모든 독자는 참답게 수용하리라고 추찰하련다. 그렇다면 이 작품은 명시가 아닐 수 없다. 이어서 〈거북(龜)과 학(鶴)은〉으로 넘어가 본다.

높고 높은 바위 위에
학이 외로이 서서
잔잔히 흐르는 물 위를
한껏 바라보네

깊고 깊은 물 속의
큰 거북(龜)이
학(鶴)을 반기듯
바닷가 모래 위를
서성이며 다가오네

다가서 바위 옆 모래사장에
외로이 홀로 멈춰서
살포시 눈을 감을락 말락
하염없이 학(鶴)과 거북(龜)은
먼 날 아름다운 마음으로
마주하고 있네

-〈거북(龜)과 학(鶴)은〉 전문

정의웅은 거북(龜)과 학(鶴)은 장수 동물로서의 상대적인 동물이며 우리 韓民族의 오랜 역사 속에서 인식되어 왔던 상서로운 동물이기에 그는 詩人으로서의 진정한 애정을 가지고 작품화했다. 특히 우리 한국인으로서는 이른바 십장생(十長生)은 해[日]·물[水]·돌[石]·뫼[山]·구름[雲]·소나무[松]·불로초(不老草)·거북[龜]·학(鶴)·사슴[鹿]의 열 가지를 한꺼번에 일컬으며, 그 중에서도 소나무와 불로초·거북·학·사슴들은 장수의 상징물로 여겨져 신앙의 대상이 되었다. 구름, 그리고 계곡의 바위 틈에 흐르는 물 등은 모두 생명의 근원을 나타냈고, 그렇기 때문에 특히 조선시대에 와서는 산수화풍으로 도안한 문양을 복식·가구·도자기·민화 등에 즐겨 써왔다. 이어서 다음 작품 〈아름다운 동행〉을 감상해 본다.

새로운 미래
먼 길 떠나는
한 가닥의 희망을
움켜잡고
놓을 수 없는 마음
더 큰 게 보이질 않는
먼 하늘에
반짝이는 별처럼
아름답고
그리워질 수 있다고
우린 느끼네

또 다른 영혼의 안식처로

아름다운 동행으로
꽃이 피고 새가 우는
실낙원으로 다 함께
만나서 가고 있네

- 〈아름다운 동행〉 전문

詩人은 삶의 가치 체계 창출 작업으로서 〈아름다운 동행〉을 엠퍼사이즈하고 있다. 그렇다. 삶의 가치는 아름다운 공존에서만이 빛나는 성과를 거둘 수 있기 때문에 "새로운 미래/ 먼 길 떠나는/ 한 가닥의 희망을/ 움켜잡고/ 놓을 수 없는 마음/ 더 큰 게 보이질 않는/ 먼 하늘에/ 반짝이는 별처럼/ 아름답고/ 그리워질 수 있다고/ 우린 느끼네"로써 빛 부신 마무리를 했다. 이와 같은 작품 창작은 결코 범인이 창출해내기 어려운 너무도 큰 순수정신을 담은 작업이다. 필자는 그 점을 상찬하면서 이 작품을 수십 번 거듭 읽으며 감동했음을 굳이 밝혀 두련다. 이제 〈물 흐르듯 사랑은〉을 함께 감상해 보자.

먼 산에 아지랑이
아른거리는
따뜻한 봄날
나도 모르게
먼 산을 바라보았네

수목이 우거진

깊고 깊은 계곡에
쉼 없이 흘러흘러
내리는 따사로운
물소리 귓전을 스치네

멀리서 들려오는
부르는 소리
아마 다정한
눈시울에 이슬진
그리운 사랑인가

까마득하게
멀리 멀리서
들려만 오네

-〈물 흐르듯 사랑은〉 전문

詩人은 현대시의 참맛을 불가시(不可視)한 것의 투시(透視)로써 놀라운 메타포 수법을 동원하고 있다. 독자들은 일찍이 샬럿 브론테(Charlotte Brontë, 1816~1855)의 명작《제인 에어》를 읽었으리라고 본다. 젊은 날의 지성인치고《제인 에어》를 모른다고 한다면 그 경우는 논외가 된다. 이 작품 속에야말로 '물 흐르듯 사랑은' 눈부시게 흐르고 있기에 "수목이 우거진/ 깊고 깊은 계곡에/ 쉼 없이 흘러흘러/ 내리는 따사로운/ 물소리 귓전을 스치네// 멀리서 들려오는/ 부르는 소리/ 아마 다정한/ 눈시울에 이슬진/ 그리운 사랑인가// 까마득하게/ 멀리 멀리서/ 들려만 오"는 그 사랑이야말로 불가시한 투시로써 담아내는 참사랑의 표징이라 하겠다.

오늘 우리는 정의웅 제6시집 《아름다운 추억》을 감상하면서 이 시집에 그득 담긴 시문학적 메타포의 진실이 넘쳐 흘러내림을 갈파했다. 필자는 정의웅의 시세계 속에 주옥처럼 빛나고 있는 사랑의 메타포를 샬럿 브론테의 명작 '제인 에어'를 통해 "나의 심장과 그대의 심장 사이에, 무엇인가 거미줄과도 같은 것이 실을 드리우고 그 사이를 무엇인가가 오고 가고 있는…" 결국 거기에는 참다운 사랑이 있다는 것이지만, 그 교묘한 메타포에 필자는 거듭하여 감동했었다. 지금도 그런 여운이 가슴 그득히 뜨겁게 출렁여 온다.

詩伯 鄭義雄의 명시집 《아름다운 추억》을 통하여, 그러면서 푸른 들판의 우람한 황소처럼 정의웅의 시세계를 계속하여 반추해 본다.

제 1 부

새날이 밝았네

먼동이 트는
만물이 소생하는
꿈 희망 사랑이
님의 가슴에
따뜻한 마음과
가이 없는 영혼이
다함께 스민
아름답고
긴긴 날들이
님의 품에 안겨
새날이 밝았네

봄이 오네

흐르는 물처럼
그치지 않는
출렁이는 물결 따라
따뜻한 봄
아지랑이 가물거리고
먼 산과 들에 진달래
종달새 노고지리 우짖는
밝은 빛이
온화하게 온 마음에
기약 없이 꽃이 피고
가슴 가득히
봄이 다가오고만 있네

짧은 날을

이 세상 모두가
봄날처럼 화창하고 따스한
빛부신 꽃과
공중 나는 새를 보며
즐거운 하루를
끝없이 바라보고
잠시 부족한 부분을
가슴 가득히 채우면서
이리도 짧은 날을
지나가고만 있네

생각하는 갈대

조용한 곳
어쩌다 날아온 가을 숲에
스며드는 바람소리와 들새들
차가운 바람이 스미는 계절에
기러기 멀리서 날아와
생존의 들녘에
바람소리를 벗삼아
속삭이는 갈대숲에
순간도 멀다 않고
바람에 흔들리는
생각하는 갈댓잎일 뿐이네

삶의 절정

수많은 날들을
하나하나 거느리며
지나가지만
빛이 있는 순간
님의 마음에 와닿는
짧은 빛이
아름답고 행복한 날이라
다가오는 시간을
삶의 절정에
담아만 주네

비애(悲哀)는 순수한 감정

천상의 눈물인가
알 수 없는 먼 날의
빛이 비추어주는
스스로 느끼지 못하는 슬픔도 아닌
빛나는 눈가에 스스로 지난날을
더듬는 순간
남몰래 흐르는 눈물이
눈가에 자욱이
흘러만 내려오고
비애는 순수한 감정이었네

지성의 오솔길

고요한 모두가 기다리는
알 수 없는 날을
서로서로 마음 깊은 곳에서
스스로 우러나오는
아무도 느끼지 못하는 찰나
신(神)의 존재
그 누구도 모르는
마음에 하나하나
모든 걸 알려드리는
티끌도 남기지 않는
맑은 마음으로
좁은 문으로 이루어지는
지성의 오솔길이었네

봄처녀

따뜻한 아지랑이
아른거리는
산에도 들에도
기다려 주질 않는
시간의 흐름에
맑은 하늘 밑에
봄처녀의 마음에도
진달래 개나리
꽃이 피는
봄은 어김없이
따사로운 마음에
찾아만 오고 있네

자연으로 돌아가라

까마득한 먼 날
아무도 알 수 없는
시간과 공간을
보이질 않는
먼 앞날에
물의 흐름이
하나둘 지나갈 땐
우린 선하고
순수한 마음이
느끼질 않게
시간여행이 끝날 즈음
영원한 빛이 사라지지 않는
자연으로 돌아가네

마지막 미소

아무도 찾지 않는
조용한 곳
바람도 쉬어가고
마음도 빛도
사라져가는
알 수 없는 앞날을
무심코 바라보니
고요한 님의 침상에
아주 밝은 미소로
다정한 눈빛으로
다가오는 모습
순수한 마음으로
마지막 미소를
한없이 보내고만 있네

믿음

잘 하려는 마음에
흡족할 수 없는
부족한 마음이
언제나
그림자처럼
따라만 오네

잘 이루어야 한다는
망설임 속에
하나의 믿음으로
시작하지만
한 치의 오차도 없이
진지한 마음은
하나하나
이루어가고만 있네

아름다운 마음

높고 높은 흰 구름
빛을 받아 고요히 흐르는
순간도 너도나도
우리 모두의 까마득한 영혼을
고요히 잠재우는
티 하나 없는
아름다운 마음이
동녘에 빛이 다가오듯
조용히 다가오고만 있네

님이 그리워

유년(幼年)의 숲에서
끝없이 이어지는
멀고 먼 산 능선에
잠들지 않는
빛처럼 반짝이며 다가오네

그리움이 님의 창가에
스치는 빛도
지치지 않는
끝없는 님은
어제도 오늘도
따뜻한 마음이 저만큼
끝없는 님의 정(情)이
그리움 뿐이네

꽃처럼 피었네

따스한 봄이 오고
함초로이 꽃이 피었네

나비와 벌이 오가는 길목에서
생명체에 기쁨과 슬픔을
아무도 찾지 않는 깊은 산속에
자연을 벗 삼아
오늘도 내일도
꽃처럼 피었다
꽃처럼 사라져 갔네

결정은 어렵네

한적한 숲속
뜻하지 아니한
마음의 뜻을
상상을 하지만
순간 잠시잠깐
기회는 흘려버리고
어려운 물체들을
하나하나 다독거려
보고 또 보아도
실험은 진정 불확실하네

모든 걸 이루었다고
꼭 그렇게 해야 하지만
마지막 결정은 분명
어려울 뿐이네

진눈깨비

암울한 하늘빛
우수수 떨어지는
빛 방울 사이로
미세한 바람에
날리는 진눈깨비
쉴 새 없이
하얀 오솔길을
덮어만 주네

아름다운 추억 속에
사랑의 미로를
진눈깨비는
지칠 줄 모르게
포근히 안겨만 주네

따뜻한 마음으로

모든 건 신(神)의 뜻대로
그림 같은 마음을
고이고이 담아드리는
마음과 영혼을
서로 바라보는 마음
멀고먼 날을
아무도 알 수 없는
오직 어둠과
밝고 밝은 빛만 아른거릴 뿐
님의 마음에 새겨
오늘도 내일도
다 함께 따뜻한 마음으로
감싸 안을 수밖에 없네

떠나가는 이별

순간을 쉬어가고
앞날을 바라보아도
보이질 않는 먼 날을
차분히 마음을 가다듬고
준비를 해야 하지만
준비하지 못한
움직임은 아무도 모르게
흑과 백을 갈라만 주네

떠나가는 이별이 될 줄은
서로서로 마음을 나누고
지나가고만 있네

이 마음에서 저 마음으로

고요한 밤
아무도 찾지 않는
깊고 깊은 아늑한 곳에
홀로 외로이 떠다니는 바람처럼
님의 가슴에
포근히 앉아버린
거룩한 영혼이여
이 마음에서 저 마음으로
부르다가 부르다가
지쳐버린
빛처럼 항상 온누리를
비춰만 주는
이 마음에서 저 마음으로
님의 끝없는 마음일 뿐이네

꽃길

항상 따뜻하고
사랑스러운
밝고 맑은
구름 한 점 없는
그러나 때론 비가 오고
어둡고 흐린
바람이 세차게
불어올 때도
항상 조용하고
차분한 모습으로
한 걸음 한 걸음
걸어가네

꽃길만도 아니었을
꽃길보다 더 아름다운
그 길을 걷고만 있네

후회 없는 마음

항상 마음은
모든 걸 하나하나
기억하면서
나누어주어야 한다고
눈뜨면 보이는
모두에게 골고루
이상 꿈 사랑도
가까이 있는
마음 속에
골고루 베풀어야 한다고
밝고 맑은 날
어둠이 내려오고
징검다리가 무너지기 전에
후회 없이 마음을
베풀고만 가고 있네

메아리

별이 빛나는 밤
서로 만나서
님과 함께
다정한 이야기를
우린 건넸네

하지만 지척을 찾을 수 없는
이쪽과 저쪽을
어둠은 거리를 가늠할 수 없는
보일 듯 보일 듯이 보이질 않는
불러도 대답이 없네

불러도 불러도
이 산에서 저 산으로
아득한 산울림만
메아리쳐
울려만 오고 있네

제2부

세월을 낚는

영수 천변에
낚시 드리운 강태공
허유와 소부처럼
태공은 멀리 떠나고
하늘엔 흰 구름만
한 잎 두 잎
바람에 흐느끼고
티 없이 맑고
맑은 물은
쉼 없이 마음 속을
흐르고만 있네

더 멀리 더 아름답게
서로 마음을 영수 천변에
낚시 드리운 세월을 낚는
태공과 같이 멀고 멀리
바라보고만 있네

빈 마음 속에

영혼도 마음도
빈 항아리 속처럼
주어진 일에 모든 걸
마지막 순간까지
아름다운 꽃을 심을까
피어나지 못한
어린 나무를 심을까
마음을 다독이지만
하늘의 뜻대로 이루어지리라
꿈속을 더듬듯
피었다가 시들고
다시 피어나는
가이 없는 빈 마음 속에
영혼을 담을 수밖에 없네

잊혀진 이름이여

산산이 흩어진
바닷가 모래알처럼
부서진 마음이여
불러도 대답 없는
무심코 지나친 시간 속에
사라져간 이름이여
꿈속에나마
기다려 나타날까
나타나질 않는
이젠 까마득하게
부르다가 부르다가
잊혀진 이름이여
이젠 상상만이
멀고 멀리 산울림만
메아리치고 있네

달밤

창 넘어 비친 달을
잠시 쳐다보고
어디로 갈려는지
어린 마음에
어머니 등에 업혀
산자락 오솔길을
잠시 지나친 순간
휘영청 달이 밝아
깊고 깊은 산속
부엉새 부엉부엉
울어 여위고
알 수 없는 미로를
걸어가는데
달은 자꾸만 나를
귀엽고 착해서
따라만 온다고
무심한 세월은
흘러흘러 아직도 달은
내 영혼에 따라만 오네

내가 존재하네

산 너머 산이 있고
강 건너 강이 있네
멀고 먼 곳이 있기에
아주 가까운 곳도
내가 있기에
타인이 있다네

하늘이 있기에
땅이 존재하듯
더 멀고 먼 곳이 있기에
가장 가까운
아주 가까운
내가 존재하고 있다네

*아인슈타인의 '상대성원리'를 상상하며

더 먼 이상으로

항상 느끼는
꿈을 꾸고 나면
언제나 새로운 미래에
우린 존재하네

어려운 일을
하나하나 이루어가고
스스로 새로운 일이라
믿기지 않는
두려움도 지나고 나면
무언가 이루었다는
자신감으로 머물고만 있네

고요한 곳 깊은 숙면 속에
나 스스로 느끼지 못하는
일들이 꿈속에 나타나는
더 멀고 먼 이상으로
우린 살아가고 있다네

다시 돌아온다면

멀리 멀리 실바람 부는
흐느끼는 언덕에 서서
밤하늘의 반짝이는 별처럼
마음도 영혼도
언제나 반짝이는 마음으로
우린 한결같이
살아가고 있네

별처럼 아름답고
별처럼 변화 없는
마음과 영혼을
고이고이 간직하고
착하고 아름다운 모습으로
우린 영원히 살아
다시 돌아와도
꿈 희망 사랑을 마음에 담고
먼 길을 살아가려네

아지랑이 아른거리는 순간
먼 날을 찾아가려네

태풍

실바람에도
흐느끼는 마음을
우린 느끼네

솔릭이란
미크로네시아에서
창출한 이름으로
전설 속 족장을 말하고
필리핀에서
제출한 시마론은
야생에 날뛰는
황소라는 이름으로
2018년 8월 23일
솔릭은 북태평양 고기압에
밀려 천천히 한반도
서쪽으로 북상하고
태풍은 사라지고
고요한 아침의 나라로
자리 잡고 있네

님의 그늘 밑에

어려서는 하늘 같은
님의 그늘 밑에
고요히 님을
따르고 따르네

또 다른 영원한
님을 만나
살아가는 때 아닌
풀을 가꾸듯
아름다운 꽃이 피고
열매를 거두어가고 있네

이젠 씨앗을 뿌려
새싹이 돋아나고
크나큰 마음도 영혼도
우린 할 수 있는
장성한 나무 밑에
그늘과 빛을 받을 수 있는
믿음직한 영혼을 따르듯
님을 따를 뿐이네

선택의 연속

알 수 없는 먼 날은
더 나은 미래를
신비의 너울 속에
우린 살아가고 있네

이것으로 할까
저것으로 할까
망설임 속에
보이질 않는
잠시 머물며
지나가고 있네

영혼의 그림자가
찾아오는
잠시 쉬었다가
아주 멀고 먼 곳
우린 끝없는
선택의 연속일 뿐이네

시간의 노예일 뿐

잠시 쉴 수 없는
시간의 흐름도
걷잡을 수 없이
이끌며 가고 있네

눈감으면 꿈속을
스스로 우린 다같이
더듬어 가고 있네

이제 밝은 빛은
나도 모르게 눈을 뜨면
빛 밝은 태양이
님의 마음에 담겨
시간의 노예일 뿐이네

천릿길도 한걸음부터

할 일은 많고
조그마한 것부터
시작하네

모든 건 시작이 반이라
하고 있지만
하나하나
작은 것부터
그려가는 마음을
언제나 큰 걸
이룰 것 같지 않는
보는 이의 마음을
안타깝게만 하고
천릿길도 한걸음부터
조그마한 것을 이루고
터 큰 더 높은 곳으로
이루어 가고만 있네

또 다른 앞날

고요히 흘러내리는
물길 따라
지나가고
지나가지만
알 수 없는
앞날을 더듬는
마음으로
하나하나
보살피며
지나가고만 있네

아무도 모르는
미래는 부딪치는
마음과 마음을
마지막 다져지는
또 다른
앞날일 수밖에 없네

아름다운 꽃도 잠시

한낮의 따사로운
햇빛도
서산에 노을도
알게 모르게
생명체에
영혼이 스쳐만 가네

들에 핀
아름다운 꽃
시나브로
피었다가 시드는
아무도 찾지 않는
외로운 모퉁이에
아름다운 꽃잎이
한 잎 두 잎
바람에 흐느끼고
순간 잠시
사라져 가네

더 멀고 먼 곳을

보일 듯이 보이지 않는 이상을
더 멀고 먼 곳을 바라보고
찾아가지만 찾을 수 없는
공간 속에 언제나
망설이는 마음을 잊을 수 없네

하지만 더 먼 곳도
한 걸음부터
자신의 마음에
젖고 있지 말고
더 넓고 먼 곳을
상상하고
자아도취에 빠질
마음의 여유를 그리려고
이루어 가고 있네

가르마 같은 논둑길

어린 시절
멀고 먼 곳을 걷다가
걷고 걸어도 보이질 않는
나 홀로 구름도 쉬어가는
산자락을 뒤로하고
산새를 벗 삼아
지나고 지나와 보니
이상향이 아닌
즐거운 마음으로 만나는
여린 눈에 남몰래
흐르는 눈물을
가르마 같은 논둑길을 따라
고이고이 걸어 왔었네

떠나가는 계절

멀고 먼 날에
하루도 쉼 없이
지새우는
꿈과 마음은
떠날 수 없는
아쉬움으로
어김없이 찾아오는
깊은 산속
뻐꾸기만
뻐꾹뻐꾹 울어 여위고
찾을래야 찾을 수 없는
님을 찾아
이 산에서 저 산으로
머물 수 없이
떠나가는 계절에
자욱하게 사라져만 가네

아름다운 추억

아늑하고 다정한 마음을
서로서로 나누고
즐겁고 정다운 날들을
우린 행복하게 지나왔네

알 수 없는 날들이
하늘 자욱한 구름처럼
다가온 순간
한 가닥 빛을 찾아
모든 걸 지나와
알 수 없는 먼 날을
다독여 보니
까마득한 먼 날
우린 다시 만나
아름다운 추억을
남겨만 주고 있네

생명의 불꽃

불어오는 피할 수 없는
바람을 우린 고요히
차분하게 잠재우고
조용히 아름다운 먼 날을
따뜻한 마음으로
서로서로 다정하게 나누고
이젠 모든 게 순조롭고
아름답게 이루어지고 있네

생명의 불꽃이 한 마음으로
지구촌에 피어 오르리라
영원히 님의 가슴 깊이
변치 않는 마음 속에
머물고만 있네

벙어리 냉가슴

세상은 넓고
할 일은 많네

아는 것도 모든 걸
다 알고 있지만
나타낼 수도
마음을 그릴 수 없는
그 누군들 알 수 있으리오
답답한 마음 하늘은 알고
땅도 알고 있으련만
무정한 마음은
벙어리 냉가슴만
앓고 있을 뿐이네

만남인 것을

어쩌다 보게 된
수련수련한 모습
가르쳐 주지도
알려주지도 않는
마음과 얼굴을
마주보고 또 보아도
알 수 없는 마음들을
우린 서로서로
만나서 나누고
이 모두가
신(神)이 내리신
만남인 것을
아름다운 먼 날을
그리고만 있네

다정한 눈빛

어디서 비쳐오는
마음의 그림자가
비칠까 말까
비쳐만 오네

꿈속에서 만날까
이루지 못한
아쉬움이
나도 모르게
사라질 즈음
밝은 미소로
차츰 다가오네

꿈속에서
못내 아쉬운
그리움처럼
조용한 미소로
반짝이는
다정한 눈빛으로
다가오고만 있네

제 3 부

내 사랑 어디에

하늘에 뜬구름 가듯
마음과 영혼도
알 수 없는 밝은 날을
우린 서로 다가가고 있네

나눌 수 있는 마음을 건너듯
건너고 또 건너도
보이질 않는
내 사랑 어디에
아늑하고 따뜻한
감미로운 마음이
끝없이 다가오는
가장 가까이 느끼는 마음
내 사랑인가 보네

스며드는 마음

알 수 없는
마음의 숲속에서
이제 먼 길을
아무도 가르쳐 주질 않는
멀고 먼 자욱한 미래를
조그마한 창가에 스미는
빛을 따라 바라보고
또 보아도
알 수 없는 앞날을
나 홀로 스스로 찾아가는
아름다운 먼 날을
바라보지만
마음과 영혼이
스며드는 마음일 뿐이네

잊을 수 없는 추억

이 세상에 태어나서
모든 어려움 고통
슬픔을 마다하고
조용하고 한적한 길을
가고파 하네

하지만 어쩔 수 없이
다가오는 날도
우린 마다않고 가야만 하네

아름다운 꽃이 피고
새가 지저귀는
꽃길을 걸어가고
꽃길보다 더 밝은
행운의 빛이 스민
잊을 수 없는 추억으로
꽃길을 걷고만 있네

돌아올 수 없는 강(江)

싸늘하고 차디찬
동토와 같은
모든 걸 지나
따뜻하고 아늑한 날을
찾아 지나가고
때론 흐리기도 하고
빛도 찬란하지만
눈이 부실 것 같은
순간 사라지고
어둠이 지나 큰 강(江)을
우린 다 같이 건너서
다시 고요한
침묵의 그늘 속으로
돌아올 수 없는 강(江)을
건너야만 하네

배웅

서로서로 만나서
다정한 마음을 나누고
짧고 짧은 공간 속에
할 말은 많으나
정다운 이야기를 나누고
오는 말 가는 정을
가늠할 수 없어
긴긴 날을 살아온 것처럼
벌써 이별의 순간이
서로의 마음에 담아놓고
잘 가라는 마음
서로서로가 잘 있으라는
조심히 가라는 말
배웅의 뒤안길에 서서
왠지 마음에 이별의
쓸쓸한 자욱만 남았네

세상의 흐름과 단절된 섬(Galapagos)

비, 바람, 눈, 비를 맞으며
불어오는 바람
휘몰아치는 물결도
모두 감싸고
묵묵히 우뚝 선 외로운 섬은

모든 시공(時空)을 초월해서
언제나 변함없는
자리를 지키는
세상의 흐름과 단절된
외딴섬일 뿐이네

그날이 올 때까지

우린 서로서로
가이 없는 영혼을
애절함 없이 멀리멀리
멀어져 가면
어쩔 수 없이
그리움만 남게 되네

순간 보는 마음도
다 같다고 느끼지만
서로 나눌 수 있으면
다른 미래를 상상하고
그리워할 수밖에
마음에 구름을 걷어내고
다 같이 나누고
다 같은 이념으로
아름다운 그날이 올 때까지
지나가고만 있네

나그네

고요한 아침
가장 가까이 다가오는
햇살처럼 솟아오르는
마음과 마음의 그림을
모두가 서서히
또는 빠르게 그리면서
지나만 가네

이룰 수 있는 일들을
하나하나 찾아서
이루어 가고
아름다운 마음을 그려 가지만
언젠가는 서산에 노을이 지고
모두가 나그네일 뿐이네

나의 실체는

아무리
이루어진다
하더라도
진정 삶을
살아가는 건
말없이 순순히
따를 수 없음을
슬퍼하지 말며

오로지 삶을
마지막까지 떠나감도
서러워하질 마라
하루를 위해서
실체는 영원히
사라질 뿐이네

우연히

스스로 느끼지 못하는
아무도 알 수 없는 순간을
잠시 기다리고
멈추어 잡을 수 없는
모든 건
스스로 느끼지 못하면서
이루어지는 건
신(神)이 내려주신
우연히 이루어지는 건
드물다고 여겨만지네

인생무상(人生無常)

아무것도 아닌
그저 지나가는 바람처럼
고요한 마음으로
큰 뜻을 가진 자나
안 가진 자나
있어야 할 이유가 없이
고정관념을
기필코 갖는다면
서로가 서로를
마음 조일 뿐
어떠한 의미도
두진 못하고
지나고 나면
모두가 없어지는
것으로 돌아갈 뿐
나 스스로
상상하고 생각해서
잠시 이룰 수밖에 없네

늑대와 춤을

동녘에 달은
환하게
온 누리를 비춰
달빛 사이로
무언가 서성이네

큰 바위 위에
늑대가
우렁차게 울부짖는
무리와 무리를 감싸며
보호하는 마음
이제 시작이네

모두모두 모여
삶의 먼 날을
잠시 누리며
늑대와 춤을
이제 시작이네

세상은 넓고 할 일은 많네

스치는 흐름 속에
무엇을 찾아
망설이며 상상하고
마음은 지니고
정작 해야 할 일
잊을 수가 없네

순간은 물 흐르듯
흘러 흘러
먼 길을 바라보지만
따라간들
잡을 수 있으련만
세상은 넓고
할 일은 많고
알 수 없는
아득한 시간일 뿐이네

꿈속을 더듬듯

남몰래 알 수 없는
시간과 공간을
하늘 끝자락
느끼며 살아가네

모든 걸 이루려는
마음과 마음을
서로서로 느낄 수 있는
밤이 짙은 길섶엔
이름 모를 그림자가
달이 비치는 마음 한가운데
오랜 날의 추억을 더듬어
이젠 멀리멀리 떠나버린
까마득한 옛날 옛적을 상상하며
아름다운 새벽녘 꿈속을 더듬듯
길을 따라가고만 있네

시공을 초월한 무아의 경지

잠시 머물다 간 자리
아무도 찾지 않는
이름 모를 먼 날을
우린 다같이
기다려 보지만
보이지 않는 시공 속에
머물 수 없는
잠시 사라져가는
너와 나
지나가지만
어쩔 수 없이
남아있는
아름다운 미래
시공을 넘나드는
계절에 머물고만 있네

사랑의 그림자

먼 하늘 구름 속
어디서 불어오는 바람인가
알 수 없는 일들은
고요한 마음에
돌을 던지듯
조그마한
깊고 깊은 물속까지
잔잔하고 오래오래
머물 수 있는
마음에 잠시
물위 물이 일렁이는 무늬처럼
흩어지리라
다시 고요히
머물러 사라지지 않는
사랑의 그림자일 뿐이네

지나고 나면

조용한 아침의 이슬
아무도 알 수 없는
하얀 눈빛 아래
그리도 황량한 들판을
하나하나 마음을 그려가는
꿈속 깊이 떠나가네

이젠 멈추어 섰으리라
님의 마음에
가득한 사랑이
말끔히 지워진
아득한 눈빛 아래
아름다움이 지나고 나면
아득하기만 하네

애달픈 마음

서로가 서로를
상상하는 것은
이루지 못한
애달픈 마음일까

무엇을 그려서
서로의 마음에 담으려는
아름다운 마음을 전해 달라는
고스란히 바칠 수밖에

어쩔 수 없이 애달픈 마음을
노을이 지는 언덕에 서서
전해 드릴 수밖에 없네

빛이 스미는 그림자

밝음이 저만큼
보이질 않는
스스럼없이
찾아드는 그림자
잠시도 쉴 수 없는
보이질 않는 그리움이
스며들고 있듯이
보일락 말락
스치는 마음마다
떠나고 난 자리
언제나 애석한
빛이 스미는 그림자처럼
그리움이 자욱하게
마음 속에 머물고만 있네

순간의 영혼

잊을 수 없는
영혼의 끝자락
만남의 기쁨도
알 수 없는 마음을
우린 그리워 하네

잊을 수 없는
다시 뒤돌아보는
마음과 미소를
서로서로 나누고
영생의 길을 찾아
순간의 영혼이
잠시 잠깐 먼 날을
바라보고 있네

폭염

멀고 먼 알래스카의 얼음을
녹게 하는 마음이
간절히 그리는 듯
머리 위에 내려앉은
우린 스치는
소슬바람에 흐느끼는
낙엽을 상상하네

이 순간 내려앉은
모든 걸 뒤로하고
잠시 머물 수밖에 없는
폭염을 느끼고

조심조심 얇은 살얼음판을
조용히 건너가듯이
순간을 잠시 지나가고
모든 건 때가 있네

이제 모든 게 다 지나
마음의 문을 닫을 것만 같은

희미한 그림자를 바라보듯
마지막 순간을 아름답게
간직하고 지나가고만 있네

*111년 만에 찾아온 더위

존재하는 건 다 옳다

빛이 있고 먼 곳까지
맑고 깨끗한 영혼과 마음도
우린 다 맑게
먼 곳을 바라보네

허나 때론 어둡고
어려운 미래를
한 발짝 두 발짝
더듬으며 떠날 때도 있네

마음의 문을 열고
한없는 즐거움이
님의 마음에 넘칠 때도
때론 말없는 먼 날이
그대 창가에 비비람
휘몰아치는 것 같은
슬픔도 있을 수 있다네

항상 좋은 것만
있는 건 아니고

때론 마음이
내키지 않는 것도
모두 존재하는 건 다
옳다고 믿고 있다네

제 4 부

백조의 호수

꽃과 물의 정원
세미원 팔당호 옆
을숙도 나래를 펴고
높이높이
고요한 물속에
아름다운 천사로
자태를 뽐내는
나름대로
삶을 그리며
시간여행을
어렵게 스쳐가는
멀고 먼 그곳으로
떠나가고
큰 고니 백조는
날아가고 있네

멀고 먼 날을 위해

조용한 아침의 나라
그 누구도 즐거움과 기쁨을
지니는 그날까지
잊을 수 없는 마음을
우린 기억하리라
살아간다는 일을
해가 지고 별이 지고 달이 떠도
오늘 이 순간 잠시잠깐
한 그루의 사과나무를 심자
멀고 먼 날을
삶의 진정한 앞날을 위해
하나하나 더듬고만 있네

타인의 길

아득한 멀고먼 날
희미하게 보이지만
가깝고 가깝게
꿈속이나마 찾아가 보니
험하고 어려운 일들을
서로서로 나누고 돌아와
아름답고 추억에 남을
멀고 먼 타인의
길이었나 보네

아름다운 환상일 뿐

멀고먼 길을 걸어가듯
조심조심 차분하게
넓고 넓은 앞날을 바라보고
다가가고 있네

한 치의 오차도 없이
풀숲을 지나 강도 건너고
끝이 없는 밝은 미래는
우릴 기다리고 있네

암울한 미래가
님의 앞에 오색영롱한
그날을 위해
가도 가도 끝이 없는
아름다운 환상일 뿐이네

바람이 스치는

알 수 없는 마음
서로서로
맞이하고 있지만
잘 하려고
모든 걸 알려고
기울여도
들리지 않고
보이질 않는
마음과 마음으로
가슴 아파 하지 말고
언젠가는 보이질 않게
불어오는 바람처럼 스쳐
마음은 님의 가슴에
포근히 안겨만 있네

마지막이란

점점이
사라져가는
그 누구도
알 수 없는
먼 날은
잊을 수 없고
만날 수 없는
보이질 않는 실체를
이젠 마지막이라 하네

하지만
마지막이란 순간
또 다른 미지의 상상이
우릴 껴안고 있네

마지막이 있어야
새로운 또 다른 환상과
실체가 나타나기
마련이네

하루를 보람 있게

지나가는 구름도
휘영청 달이 밝은 날
모든 건 멀리 멀리
지나가지만
보이질 않는 마음도
들에 핀 아름다운 꽃도
긴긴 날 피고지고 때가 있네

모든 기회를 놓치지 말고
최선을 다해 노력하면
하루의 일들이
보람으로 가득 찬 앞날이
나타나기 마련이네

삶의 그림자

언제나 나타나질 않는
가깝고도 먼
아름다운 무지개가
마음에 나타날 때
알게 모르게
포근한 마음을
모두들 느끼며
무지개의 빛이 사라져
아득하게 보일 때
아쉬워하지 말고
언젠가는 삶의 그림자처럼
마음에서 멀어지더라도
서러워 말고 슬퍼하지 말자
그대 마음 속에
삶의 그림자로
남아 있을 뿐이네

꿈속을 더듬듯

잔잔한 마음에
돌을 던지지 마라
서로서로 느끼는
감성이 다르고
모두가 스스로 느끼는
하나의 꿈길을
찾아 떠나가지만
때론 알 수 없는 일을
맞이할 수도
모든 건 꿈속을 더듬듯
아름다운 무리를 비춰주는
먼 날을 바라보며
지나가고만 있네

명상(meditation)

스스로 조용히
비관 우울 증오
분노 고통 슬픔
모든 걸 말끔히 비워 버리고
조용히 외로이
선(善)을 위한 마음으로
홀로 불편함을 씻고 씻어
텅 빈 마음 속에
스스로 선하고
착한 길로
명상을 하며
삶을 살아가고 있네

무아의 경지

먼 길 떠나는
한 가닥 실오라기를
움켜잡고
놓을 수 없는 마음
더 큰 게 보이질 않는
먼 하늘에
반짝이는 별처럼
나름대로 빛을 그리는
주어진 것 외엔
실오라기 같은 물질도
무아의 경지에
내려놓을 수 있는
마음의 밝고 맑은
넉넉함을
항상 스스로의 힘으로
이루어가고 있네

행복이라네

꿈도 희망도 사랑도
서로 서로 지니고 다가가고
아무도 알 수 없는
멀고 먼 날 우린 만나서
마음을 나누네

사랑과 보이질 않는
서로의 마음을
행복은 모든 게
아주 가까이 느끼지 못할 뿐
모두의 마음에
아름답게 담겨만 있네

만나서 서로서로
보이질 않는 서로의 마음을
다소곳이 다정하게
나누어 지니는 것이
행복이라네

영원하리라

잠시 잠깐
순조롭지 않게
또 어렵게도
모든 건 나 스스로
이루어 가지만
오래오래 갈 수가 없네

우린 상상하고
더 멀고 먼 곳을
우러러보고
희미한 기억과
아름다운 먼 날을
지난날의 추억 속에
더 높은 하늘 끝자락
오래오래 머물고
신(神)을 상상하듯이
영원히 간직하고 있네

아름다운 동행

새로운 미래
먼 길 떠나는
한 가닥의 희망을
움켜잡고
놓을 수 없는 마음
더 큰 게 보이질 않는
먼 하늘에
반짝이는 별처럼
아름답고
그리워질 수 있다고
우린 느끼네

또 다른 영혼의 안식처로
아름다운 동행으로
꽃이 피고 새가 우는
실낙원으로 다 함께
만나서 가고 있네

망각의 뒤안길로

잠시 아무런 느낌 없이
개울물 흐름에
휩싸여 떠내려가는
마음과 영혼을
잡을 수 있을까
나와 너 모두들
보이는 찰나
우린 그대 마음 속에
잠시 머무는 순간
그때를 상상하면서
아무도 알 수 없는 순간
황량한 들판에
홀로 서 있는
소슬바람 맞으며
망각의 뒤안길로
기억에서 사라져 버렸네

너 자신을 알라

모든 건 지나치고
마음 조이는
잠시 지나간 일들이
아무에게나
맡길 수 없는
누군가에 의존하며 사는
습관이 배여 있을 때
너 자신을 알라
언제나 스스로
할 수 있다는 믿음
누군가에게는 일상이
타인에게는 깨우침이
되기도 하네

항상 자기 자신을
뒤돌아보는 마음이
있어야만 할 것 같네

대부(The Godfather)

모든 건 주어진 대로
하나하나 짚어가며
멀고 먼 날을
스스럼없이
알게 모르게 지나가네

하지만 신(神)이 주신 생애에
느끼는 옳고 그름의
가르침과 미래
다 함께 일러주시는
멀고 가까운 마음 속에
대부가 늘 자리를 함께
차지하고 있네

스스로 먼 길을

삶은 알 수 없는
빛 밝은 먼 날을
서로서로 나누어
나도 모르게
이 세상 빛을
바라보게 되었네

만남과 헤어짐으로
스스럼없이
마음과 사랑을
나누어 갖고
좋고 나쁨을
한없이 바라보고
모든 건 보이질 않는
영혼만이 알고 있을 뿐
우린 밝고 어두움을
한 아름 안고
서서히 먼 길을 가고만 있네

행운

고요한 마음 가운데
지나다 보니
느끼는 마음도
우린 한결같이
알 수 없는
먼 날을 그려만 가네

고요한 물결에
돌을 던지듯
행운의 그림자
흔들리는 물결 위에
나타나듯
지나는 발길마다
울려 퍼지는
잠자는 영혼에
행운이 다가만 오네

내 탓이네

조용한 울타리
하늘을 바라보고
어쩔 수 없는
서로의 마음을
다독거려
더 밝은 미래
더 아름다운 내일을
우린 서로
나누어 줄 수 있는
마음과 영혼을
베풀 수 있는
모든 건 스스로
느끼는 감성이
받는 이도 소중하지만
주는 이 탓으로
모든 건 내 탓이라
믿어만 주네

징검다리

먼 산에
아지랑이
아른거리는
보일락 말락
바라보고 있네

순간도 잠시
지나가는
파랑새처럼
마음 속
아른거리며
지나가고
잠시 무언가
떨어뜨리고
징검다리 건너듯
날아가고만 있네

멀고 먼 곳

넓고 넓은
아득한 먼 날
바라보고 바라보아도
황량한 들판
사하라 사막에도
오아시스가 있듯이
조그마한 개울가를 돌아
물을 건너가도
또 다른 물이 있고
산이 있네

넘고 넘어도
알 수 없는 앞날을
걷고 걸어가도
산 너머 산이 있고
강 건너 강이 있네

제 5 부

침묵의 그늘

멀리서 가냘프게
알게 모르게
들려만 오네

들리는 소리마다
아련하게
귓속에 앉아 내리는
가냘픈 음성이
그늘 따라
흘러내리는
물길처럼 자욱하게
언젠가 침묵의 그늘이
소중한 마음의 얼이라고
느껴만 주네

꿈처럼

서로의 만남을
그림자처럼
마음과 영혼은
멀고 먼 시간 속에
흘러만 가고
너도나도 그림같이
서성이고만 있네

황금처럼 고귀한 시간도
꿈속에 나타나듯
꿈처럼 스쳐지나
멀고먼 시간 속에
꿈처럼 비춰 주네

등하불명

잘 하려고
마음은 지니고 있지만
찾고 찾아도
보이질 않는 등불 밑에
무언가 있을지
지성과 이성을 지닌
마음의 보석이
스며 있지나 않을까
너무 가까이 마주해
보이질 않네

등잔 밑이 어두워
좀 떨어져
세심히 바라보니
이제 보이네

거북(龜)과 학(鶴)은

높고 높은 바위 위에
학이 외로이 서서
잔잔히 흐르는 물 위를
한껏 바라보네

깊고 깊은 물 속에
큰 거북(龜)이 학(鶴)을 반기듯
바닷가 모래 위를
서성이며 다가오네

다가서 바위 옆 모래사장에
외로이 홀로 멈춰서
살포시 눈을 감을락 말락
하염없이 학(鶴)과 거북(龜)은
먼 날 아름다운 마음으로
마주하고 있네

세상은 넓고 할 일은 많네

눈 뜨면
안개 자욱한
동녘에서
밝은 빛이
비춰주네

알게 모르게
나 홀로 외로이
걷고 걷는
산비탈을 오르면
산새와 벗 삼아
보이질 않는
시간의 흐름이
흘러만 가네

순간도 잠시
아름다운 날을 꿈꾸며
세상은 넓고 할 일은 많네

다시 한 번

자그마한 삶을
살아가노라면
때론 보는 이가
다를 수가 있네

다르다고 탓할 수 없는
스스로 느끼는 마음이
똑같을 수는 없네

하지만 다르다고 영원히
다른 것은 아니네

언젠가는 모든 게
이루어질 수 있으니
다시 한 번 다독여 가네

왼손이 모르게 오른손이

눈뜨면 무언가
앞을 가릴 듯
까마득한 앞날에
맑은 빛도 때론 어둠도
그 누구도 부르지 않고
봐주지도 않지만
삶이란 먼 곳을 향해
조심조심 지나가야만 하네

멀고 먼 자욱한
안개 낀 앞날을
서로서로 다정하게
마음을 나누며
지나가고 있네

서로가 나누는 마음을
언젠가는 같은 길로
갈 수 없을 때가 있네

모든 일은 같이 나누더라도

왼손이 모르게 오른손이
가르칠 수도 있다네

비밀

보이질 않는 마음을
서로서로 나누고
아무런 느낌 없는
순간을 잠시
떠올리며 더 좋은
더 나은 먼 날을 위해
서로 나누고 가지만
모두 가져야 할
비밀인 것을
우린 때론
망각의 넝쿨 속으로
빠져 들어갈 수가 있네

보람찬 내일을 위해

시간은 항상
엊그제 같은데
벌써 하나둘
마음도 영혼도
이젠 조용히
꿈을 꾸고 있네

보이질 않는
미래는 하나둘
사라져 가지만
우린 이렇게
즐겁고 보람찬
내일을 위해
지성의 오솔길을
찾아 헤매고 있네

숙명(宿命)일 수밖에

알 수 없는 하루는
때 아닌 아름다운
무지개가
가슴에 와 닿듯
영혼과 마음이
살포시 내려앉은
마음과 마음이
꿈처럼 스친
지나가는 바람처럼
스쳐가는
숙명일 수밖에 없네

물 흐르듯 사랑은

먼 산에 아지랑이
아른거리는
따뜻한 봄날
나도 모르게
먼 산을 바라보았네

수목이 우거진
깊고 깊은 계곡에
쉼 없이 흘러흘러
내리는 따사로운
물소리 귓전을 스치네

멀리서 들려오는
부르는 소리
아마 다정한
눈시울에 이슬진
그리운 사랑인가

까마득하게
멀리 멀리서
들려만 오네

아름다운 마음

순간을 자랑스럽게
아름답고 보람 있게
모두가 잡으려는
아름다운 먼 날을
더더욱 가슴 깊이
스며드는 그 누구도
잡을 수 없는
아름다운 먼 날을
님의 가슴에
따뜻한 아름다운 마음이
포근하게 잠들고만 있네

먼 길

가파른 언덕에 서서
먼 길을 바라보네

보이질 않는
멀고 먼 곳
오로라가 피어오르는
무지개처럼
아른거리는
마음과 영혼 속에
스며들고만 있네

아무도 알 수 없는
멀고 먼 곳
언젠가 모두가 가야 할
멀고 먼 길일 뿐이네

마주하게 되네

언젠가 스스럼없이
알 수 없는
시간의 흐름 속에
알게 모르게
맑은 빛을
바라보는 순간
마주하는 모습이
아무런 느낌 없이
스쳐 스쳐 흘러만 가고
언젠가 마음을 건네고
서로서로 마주하게 되네

인생(人生)은 짧고 예술은 길다

이른 아침 먼동이
먼 산 위에 아른거리네

삶은 잠시 머물 수 있는
순간 머뭇거리는
시간 속에 이미
한낮이 되고
아직 이루지 못한
일들을 서성이며
찾는 순간
벌써 서산에
황혼이 노을져
프랑스 오귀스트 로댕의
사색하는 사나이는
님의 가슴 속에
스며들고만 있네

영혼이 비친 그림자

마음에 고요히
돌을 던지듯
알게 모르게
와 닿는 그림자
나도 모르게
이루어지는
아름다운 마음을
사라져갈 것만 같은
한낮의 이슬처럼
비쳤다가 사라지는
때늦은 저녁이라
마음은 밝은데
고요히 찾아오는
보일 듯이 보일 듯이
영혼이 비친 그림자
보이질 않는 영혼이
그림자처럼
모두의 마음 속 깊이
스며들고만 있네

달이 비친 마음

달은 비춰
온누리를 밝히는데
하늘은 고요히
말이 없구나
소슬바람 이따금 흐느껴
가는 이 오는 이 마음이
서산에 달 가듯
세월만 지나가고
먼 날을 바라보면
알 수 없는 고요한 시간이
그립고 아쉬움에
달은 저만큼
달무리를 남겨주고
님의 창가에
달이 비친 마음은
아름다운 추억을
더듬어만 주네

명절의 뒤안길

누렇게 익어가는 벼 논길을
추석이란 명절을 가슴에 담고
손에 손엔 선물을 쥐고
활짝 갠 밝은 날처럼
얼굴엔 웃음을 담고
반기는 부모 형제를
마중 나오신 마음의 그림을
한 점 부끄럼 없이
그려만 가고 있네

행복이란 결코
멀리 있는 건 아니고
잊을 수 없는
행복이 잠시 머무는
명절의 뒤안길이었네

깊은 여정은

먼 산 위에
행여나 떨어질세라
멀리 바라보네

두려움과 어려움 속에
알게 모르게
조그마한 곳으로
모여 모여
흘러내리기도 하지만
알 수 없이 흘러내리는
깊은 마음의 정을
언제나 마음 한 자락
자리 잡고 있네

안개 자욱한 하늘 끝까지
영원히 흘러내리리라
깊은 여정은
마음 속 깊이 스미고만 있네

잠시 무의식의 세계에서

남몰래 흐르는 눈물
가고픈 그리도 어려운
고달픈 날들도
때론 슬픔이 아닌
기쁨의 마음으로
느낄 수 있는
서로 마주 보는
가냘픈 마음이
실바람처럼 스치는
흔적 없이
남몰래 님의 눈시울에
잠시 무의식의 세계에서
흐르는 눈물이
고여만 있네

자기 자신을 알라

수많은 날들을
우린 지나가지만
알 수 없는 마음처럼
생각하고 또 생각해도
걷잡을 수 없는
마음들을
우린 지니고 가지만
분명 무엇을 해야 할지
알 수 있는 미래를
진정 결정하고
자신의 판단에
만족하지만
타인의 마음에
맞지 않을 수 있으니
다시 한 번 뒤돌아보고
자기 자신을 알아야
나눌 수 있을 것 같네

영혼과의 대화

고귀한 멀고 먼
가장 가까운
항상 마음에 지니고
모두가 반기고
즐거워하는
들에 핀 아름다운
한 떨기 꽃잎처럼
피었다가 시드는
영혼과의 사랑도
오래오래 머물러 있질 않고
언젠가 사라져 가는
영혼과의 대화였네

제6부

산 너머 산이 강 건너 강이

마음의 뜻을 따라
순간도 쉬질 않고
걷고 걸어도
지나고 뒤돌아보면
높고 높은 산을 넘었네

앞만 보고 징검다리를 건너도
지나갈 수 없는
순간도 잠시 지나고 나니
또 강이 있네

모든 건 산 너머 산이 있고
강 건너 강이
우리의 마음도
산 너머 산이 있고
강 건너 강이 따르고만 있네

길 떠나지 못한 그리움

저물어가는 지난날
별이 빛나는 밤
서로가 서로를
위하는 마음에
귓속에 속삭이는
아름다운 추억을
그릴 수 없는
마음의 그리움이
오솔길로 접어들게 되었네

먼먼 추억 속에
부르고 불러도
대답이 없는 님이 그리워
길 떠나지 못한 그리움이
이 산에서 저 산으로
자욱하게 들려만 오고 있네

잊을 수 있을까

하늘은 맑고
구름 한 점 없는
고요히 스치는 바람결에
그 누구든 찾을 수 있는
멀고먼 날들을
너 나 없이 스쳐가는
묵묵히 바라만 보는
아름답게 그릴 수 있는
스스로 가늠할 수 없는 순간을
미래를 바라보는
상상조차 잊어버릴 수 없는
어렴풋한 미래를
한순간의 망설임으로
잊어버릴 수 있을까
그리운 날들이여

만나서 느끼는

암울한 마음에 멀리서 다가오는
보이질 않는 먼 하늘에
희미하게 다가오는
눈이 부실 것 같은
따가운 앞을 가늠할 수 없네

기쁨도 잠시 이제 조용히
한낮의 따사로움도
서서히 사라져가는
모두가 산산이 흩어진
아주 조용한 빛의 흐름이
님의 마음에 스쳐만 가네

님이 그리워 아쉬움 속에

보일락 말락
아득한 먼먼 날을
기다리며
주어진 일에
한 치의 틈새도
보이질 않게
살포시 다정한
앞날을 반기며
그리도 그립고
빈기운 마음도
잠시 잠깐 허공에
뜬 구름처럼
소슬바람이 스쳐가는
그리움이 서서히
사라져가는
아쉬움 속에
그립고 그리운
아쉬움만 남아있네

이름 모를 꽃

아무도 모르는
한 떨기 꽃잎이
산들바람 불어오는
실개천 위
이리도 가냘픈
자색 몸매에
흔들리는 꽃잎마다
아름다움 빛을 받아
순간도 쉼없이
오는 이 가는 이
눈빛과 마음을
매만지며 사라져 가네
이름 모를 꽃

시련을 넘어서는

행운의 그림자
보이질 않는
먹구름 스치는
알 수 없는 그림자
우린 느끼네

밝은 것보단
어두운 그림자를
드리운
회색 짙은 미소로
먹구름처럼
뇌리에서
사라지지 않는
모든 건 사라지고
밝고 맑은
시련을 넘어서서
화사한 행운의
웃음으로 우린
서로서로 다가가고 있네

망각의 뒤안길

순간을 지나도
모든 걸 잠재적
의식에서
기억하고
다시 한 번
상상하며
우린 살아가네

오늘 하루도
쉼 없는 기억들을
한 톨 한 톨 엮으면서
잊을 수 없는
기억들을 때론 잊고
망각의 뒤안길을
서성이고
지나가고 있네

그리움을 느끼며

수많은 날들을
언제나 스쳐스쳐
남모르는
조바심과
아쉬움으로
지나고 나면
때론 스치는
개울물 소리도
아름다운 자연을
느낄 수 있고
어두움이 오면
밤하늘에
반짝이는
수많은 별들을
우린 알게 모르게
마음에 한 아름 담고
바라보라
먼 곳을 더 먼 곳을
그리움을 느끼며
지나가고만 있네

꿈길 따라

하늘은 푸르고
어둠이 찾아오고
별빛은
반짝이는데
알 수 없는
지나간 날들이
주마등처럼
떠오르는
잠시도
머물지 않고
지나가고 있네

아름다운 꽃밭 속에
짙은 향내음
물이 출렁이는
연못가에 꿈길 따라
님은 서성이며
극락조와 함께
극락을 오가며
영원히 깊은 꿈속에
젖어 들고만 있네

바람과 함께 사라지다

조용히 잠 깨우는
영혼과의 사랑도
이제 시작이네

처음 느낀
마음으로
하나하나
알게 모르게
상상하면서
완벽을 추구하는
보람된 날을
우린 다독여
이루려고 하지만
잠시 영혼과의
사랑도 한순간
바람과 함께
사라져가네

누구를 위해 존재하나

관심 밖의 마음을
하나하나 뒤적여도
볼 수 없고
알 수 없는 일이지만
언젠가 물어올 수도
더 가까이
머물 수도 있으니
진정 관심 밖의 일은
누구를 위해 존재하나
마음을 놓아야 하네

다정한 마음

아득한 먼 날을
끝없이 훨훨 날아서
빛이 있고 어둠이 내린
멀고먼 허공 속에
날고 날아
이리도 아득한
마음의 구름 타고
때론 보이질 않는
영혼을 마음에 담고
날아서 날아서
그리움의 저변에
고스란히 다정한 마음
안겨만 주고 있네

보이질 않는 그리움

먼 허공에 비치는
암울한 마음
져며만 있네

젊은 날 보이질 않는
추억이
잊을래야
잊을 수 없는
그리움이
이리도
사라지지 않는
그림자가
님의 옷깃에
스치는 바람처럼
때론 그립고 그리워
보이질 않는
그리움이 남아만 있네

해바라기

해가 뜨면
빛을 바라보듯
수줍어 고스란히
조용히 피어나고
한낮이면
빛이 그리워
활짝 웃는
그리도 수줍어
아쉬움을 남기며
노을이 지고
어둠이 내리면
아무런 흔적 없이
모든 걸 접어 버리고
깊은 어둠 속에
해를 바라보듯
스쳐만 가네

만남은 신의 축복

알 수 없는
멀고 먼 마음을
서로 나누어 갖는
순간 가장
가까운 만남은
신(神)의 계시로
새로운 운명을
서로 갖게 되고
마음을 나누어 갖는
신의 축복일 수밖에 없네

영원한 사랑과 진실

삶을 살아간다는 건
모든 생명체에
아늑한 마음과 사랑을
다독이는 정다운 사랑이
영원한 사랑과 진실이
이루어져야만 하네

맑고 맑은 하늘 끝자락
영혼의 마지막 순간에도
드리워지고
신(神)이 주신
단 한 번의 진실만이
알 수 없는 미래에
가이 없이 머물고만 있네

외나무다리

하늘을 우러러
마음을 다독여
한 점 부끄럼 없이
주어진 일에
크나큰 이상과
꿈과 희망을 안고
조그마한 일에도
최선을 다하는
순수한 마음으로
님에게 가까이
다가가네

바람이 불세라
더욱더 아늑하고
즐거운 마음으로
조심조심
외나무다리를 건너듯
지나 왔었네

소중한 삶

낯선 길을
조용히 찾듯이
삶은 시작이 소중하네

소중하리 만큼
마음의 꿈을
지니고 지나가지만
알 수 없는 일들을
모두 지나고 나면
또 다른 일들이
잠시 잠깐
머물렀다 지나가는
진정 소중한 삶일 뿐이네

별 헤는 밤

서산에 노을이 지고
아무도 찾지 않는
그 누구도 알 수 없는
미로에 서서
마음은 먼 곳을
더 아름다운
빛을 바라보고
밤하늘에
반짝이는 별을
하나둘 세어보네

모두의 마음을
그려 보지만
별 헤는 밤은 벌써
서산에 반짝이는
샛별을 마음에 담고
오는 이 가는 이
마음을 감싸며
지나가고만 있네

낙엽

조용하고
해맑은 날에
파아란 옷깃을
여미고
뜬 구름 사이로
중천에 빛나는
찬란한
빛을 받고
이리도 차가운
산산한
바람에 나부끼며
한 잎 두 잎 떨어져
한 점 숨김없이
이제는 텅 빈
바람 속에
흔들리며
미래에
꿈을 심어
불어오는
바람소리에

잎눈이
영글어만 가네

한마음

마음은 조용히
가득하게
아무도 알 수 없는
가슴에 담고
보이지 않는 영(靈)을
우린 느끼네

하나하나 주어진 일에
그 누구도 알 수 없는
마음과 마음을 나누며
먼 길을 한 걸음부터
조용히 걸으면서
숱한 앞날을
순조롭게 할려고
언제나 한마음으로
지나와 버렸네

제 7 부

빼꾸기는 아쉬움 속에
고요한 마음의 그림
만남과 헤어짐은
Atlas(지구를 떠받치는 거인)
영혼과의 대화
길손
쉬어가는 마음
멀고 먼 모정
비애는 순수한 감정
선구자의 인연
스스로 주어진 일일 뿐
끌려만 가네
사막의 신기루
들국화
소쩍새 울어 여위는
만나서 반갑네
꿈속에
영원히 멀고 먼 곳
시간이 소중하네
마음이 가는 곳
더 나은 삶을

뻐꾸기는 아쉬움 속에

뻐꾸기는 마음 조이며
뻐꾹뻐꾹
아쉬운 마음으로
돌아온
먼 날을 그리워
이 산에서 뻐꾹뻐꾹
울어 여위고
잠시도 자나 깨나
돌아온 날들이
보고픈 지난날을
그리워하며
잠시도 쉴 수 없는
가고픈 날을
상상하며
뻐꾸기는
아쉬움 속에
울어 여위네

고요한 마음의 그림

허물어져 내린
산등성이 위
올라선 까마귀와 같고
신(神)은 바라보고 있네

모든 건 항상 물결치는
파도 위를 갈매기가
날아가는 멀고 먼 날을
우린 서성이고 또 서성이면서
바라보고 있네

만남의 아름다움
영원히 영원히
고요한 마음의 그림을
그리고만 있네

만남과 헤어짐은

아무도 알 수 없는
주어진 일일 뿐
만남의 순간도
지나고 나면
잠시 머물다
간 자리
서로가 기약할 수 없는
순간들이
하나둘 사라져 가는
멀지도 않은
고요히 잠재우는
헤어짐이
스스로 주어질 뿐이네

Atlas(지구를 떠받치는 거인)

잠시 쉴 수 없는 마음과 마음
그 누구도 잊을 수 없는
들에 핀 아름다운 꽃처럼
피었다가 시드는
한 떨기 아름다운 꽃잎
잔잔한 시간도
멀리 멀리 사라져 가는
모든 건 황량한 우주 속에
쉼 없이 움직이는 순간
지구를 떠받치는 거인(Atlas)이
오늘도 내일도
영원히 떨어지지 않게
떠받치고만 있네

영혼과의 대화

꿈속을 더듬듯
하나하나 느끼는
마음의 그림을
나는 느꼈네

님으로부터
아름다운 미래를
이야기해 주는
느끼지 못하는
그림 같은 앞날을
나타나 이루어지는
아마 영혼과의 대화였나 보네

길손

하루해도
짧다고 느끼면서
처음은 조용히
길을 걸었었네

먼 곳을 가노라면
알 수 없는 이와
서로서로
마음을 나누고
벌써 서산에 노을이
이제 헤어질 즈음
길손도 마주보고
이야기를 나누고
웃으며 제 갈 길로
떠나 버렸네

쉬어가는 마음

멀고 먼 하늘엔
구름이 있고
지나가는 한 가닥
이슬이 내리듯
가장 깊고도
얕은 영혼 속에
우린 머물고
때론 나타나
허구 많은
옛날 옛적 신화 같은
쉬어가는 마음도
언제나 그리며
아름다운 영상으로
그대 깊고 깊은 곳에
항상 머물고만 있네

멀고 먼 모정

멀고 먼 곳
아지랑이 아른거리는
봄이 오면
그리움이
멀리서 밀려오는
파도처럼
마음에 져며만 오네

따사로운
봄볕처럼 다가오는
깊고 깊은
가이 없는 모정이
나도 모르게
흘러내리는
남 몰래 흐르는
멀고 먼 모정이었네

비애는 순수한 감정

태어남의 기쁨도 잠시
신(神)이 주신 가냘픈 빛을
두 눈으로 바라보는 찰나
아무도 모르는
기쁨의 눈물로
어려운 미로를
찾아가는
지성의 미로이기에
한 줄기 울음으로
세상의 빛을 알리네

이제 마지막
어둠이 내린
마음과 영혼 속에
모든 걸 고스란히
빛을 멀리 하고
스스로 어둠을 찾는
마지막 떠나는 길목에
남몰래 흐르는 눈물
비애는 순수한 감정으로
순간을 맞이하게 되었네

선구자의 인연

인연의 징검다리를
멀고도 가까운 아련한
그림자를 상상해 봅니다

아직도 아스라지도록
아름다운 희망을 안고 있는
순례자와 같이

쉼 없이 울려 퍼지는
가파른 언덕 위에
산울림만 귓속에
멀리 멀리 메아리치고
선구자의 인연으로
남아만 있을 뿐이네

스스로 주어진 일일 뿐

서로서로 알게 된 마음도
아무도 알 수 없는
주어진 일일 뿐

보게 된 순간도
지나고 나면
기쁨의 순간도
잠시 머물다 간 자리

서로가 어쩔 수 없는
순간들이
하나둘 사라져가는
멀지도 않는
잠시 이루어진
스스로 주어진
일일 뿐이네

끌려만 가네

생명체는
마음도 영혼도
끌어들이는
보이질 않는 힘이
움직이는 물체마다
잠시 쉴 틈도 없이
하나하나
깨달을 수 있는
영혼의 힘이
아무도 모르게
지상에서 영원으로
아름다운 세계로
끌려만 가네

*뉴턴의 '만유인력의 법칙'

사막의 신기루

수많은 별 속에
하나의 행성으로
우린 만나고
또 만나는
수많은 날들을
하나하나 다독이는
하나의 그림자 속에
살아가는 생명체
모래바람이
불어오는 가운데
하나의 기적으로
일어날 수 있는 일들
모든 건 어렵지만
사막의 신기루처럼
오늘 하루도
우린 만나고 헤어지며
지나가고만 있네

들국화

모진 바람 태양 아래
이리도 순수한
마음과 마음을
나도 바라고
너도 바라는
눈비를 맞으며
새싹이 돋아나네

이젠 조용히
파아란 잎새
비바람 속에
소슬바람 맞으며
가을이 오면
꽃도 피고
하얀 꽃망울을
이리도 아름다운
마음처럼 곱게곱게
피고 지는
하얀 들국화였네

소쩍새 울어 여위는

삶은 스스로 느끼는
어둠이 내리고
소쩍새 우는 밤
무언가 먼 날을 그리네

끝없는 푸른 하늘엔
수많은 별들이
마음마다 새로운
앞날을 그려
모든 게 지나가면
먼동이 트는 아침이 되고
날아드는 소쩍새는
이미 새벽이 왔다고
우리에게 알리는
소슬바람 불어오는
계절의 숲속에
떠나가고 있네

만나서 반갑네

어쩌다 보게 된
알 수 없는 모습들
이제 시작이네

만나서
어쩔 수 없는 현실은
서로서로
돌아설 수 없는
가파른
마음의 언덕을 넘어
풍요롭고
아름다운 미래를
아무도 모르게
기약하며
이제 떠나면서
만나서 반갑다
끝을 맺었네

꿈속에

생명체는 상상하는
깊은 생각의 늪에서
잠을 자는 순간도
스스로 느끼는
먼 길을 찾아 떠나고
잊을래도
잊을 수 없는
잠을 깨어나도
무언가 생각하게 되고
꿈속에
살아 움직이며
영원히 상상하는
일일 뿐이네

영원히 멀고 먼 곳

멀고 먼 하루해도
이리도 짧다고
모든 걸 다독거려
걷고 걸어도
보이질 않는 아득한
보금자리를 찾아서
한결같은 마음으로
상상을 하며
가도 가도 끝이 없는
멀고 먼 곳을
마음을 맞잡아
영원히 멀고 먼 곳을
찾아가고만 있네

시간이 소중하네

언제나 이룰 수 있는
모든 걸 이루려고
다독거리며
새로운 것도
이루어야 하지만
스스로 다가오는
주어진 일이라
감사히 여기고
잠시 미루다 보면
이룰 수 있는 일들이
순간에서 영원으로
사라져 버릴 수도
잠시 쉬는 순간
주어진 시간이
소중할 뿐이네

마음이 가는 곳

내 마음 나도 모르게
빛을 보았고
나도 모르게
영혼과 마음
건강하리만큼
아름다웠네

살아간다는 건
그 누구도
알 수 없이
마음 기울이며
삶의 흐름도
서로가 서로를 위하는
아름다운 마음
진정 느껴질 뿐이네

더 나은 삶을

잠시도 무얼 할까
다가오는 가버린
지난날을 상상하면
할수록 허전한
이루지 못한 일들
다시 한 번
뒤돌아보고
더 나은 삶을 위해
어제의 못 다한
일들을 생각하면서
순간을 보람 있게
이룰 수 있는
하나하나
더 나은 앞날을 위해
잠시나마 그때를 그려 보네

작품후기

이제 먼 산 위에 가냘픈 빛이
마음과 영혼에 스며들어
잊을 수 없는 사랑의 신(Eros)과
절대적인 사랑(Agape)의 신이
고요히 내려앉음을 깊이 감사드리고
내생(來生)에 아름다운 미로를 찾아
미숙하지만 항상 변함없는 마음으로
아낌없이 잠자는 영혼을 일깨워
아호(我呼)를 주신 존경하는 스승님
문학박사 구암(龜岩) 홍윤기 석좌교수님과
금생의 아우님 제갈정웅 경영학박사에게
그리고 전생의 영원한
혈육의 정을 가진 모두에게
사랑과 기쁨을 한 아름 보내드리고
봄볕에 아지랑이 아른거리는 따스한 마음으로
다정한 인연들에게 영혼을 담아
이 글을 올려드리게 되었습니다. 감사합니다.

2019. 01. 19

시인 학암(鶴岩) 정 의 웅 드림

정의웅 제6시집

아름다운 추억

•

지은이 / 정의웅
발행인 / 김영란
발행처 / 한누리미디어
디자인 / 지선숙

•

08303, 서울시 구로구 구로중앙로18길 40, 2층(구로동)
전화 / (02)379-4514
Fax / (02)379-4516
E-mail/hannury2003@hanmail.net

•

신고번호 / 제 25100-2016-000025호
신고연월일 / 2016. 4. 11
등록일 / 1993. 11. 4

•

초판발행일 / 2019년 4월 1일

•

•

값 12,000원

•

※잘못된 책은 바꿔드립니다.

•

ISBN 978-89-7969-796-4 03810